LES AMIS

DE COLLÉGE,

OU

L'HOMME OISIF

ET L'ARTISAN.

LES AMIS

DE COLLÉGE,

OU

L'HOMME OISIF

ET L'ARTISAN;

COMÉDIE EN TROIS ACTES, EN VERS,

Par L. B. PICARD;

Représentée pour la prémière fois sur le Théâtre de la République, le 23 Frimaire, an 4.

Travaillez, prenez de la peine,
C'est le fond qui manque le moins.

LAFONTAINE.

A PARIS,

Chez { HUET, Libraire, rue Vivienne, n°. 8;
{ CHARON, Libraire, passage Feydeau.

AN 10.

PERSONNAGES.

CLERMONT, jeune Poète.

ROBERT, jeune Menuisier.

DERVILLE, jeune et riche héritier.

BONARD, leur ancien Professeur de Rhétorique.

GABRIEL, Domestique de Derville.

Madame ROBERT, mère de Robert.

SOPHIE, sœur de Clermont.

La Scène est dans un gros Bourg, tout près Paris. Le Théâtre représente une Place de Village : d'un côté, la Boutique de Robert ; de l'autre, un Bosquet faisant partie du Parc de Derville, et la grille de sa maison.

LES AMIS
DE COLLÉGE.

ACTE PREMIER.

SCÈNE PREMIERE.

ROBERT, *en veste de travail, rabottant.*
(*Il examine le soleil.*)

LE soleil est bien haut. Dix heures moins un quart.
C'est qu'aussi ce matin je me suis levé tard !
Il était jour avant que je fusse à l'ouvrage ;
Allons, raison de plus pour travailler. Courage.
(*Il travaille.*)

SCÈNE II.

ROBERT, *dans sa boutique ;* DERVILLE, *dans le bosquet, en robe-de-chambre.*

DERVILLE, *tirant sa montre.*

PAS dix heures encor : par quel événement
Suis-je déjà levé ? C'est bien cruel, comment,
Voir ainsi devant soi la matinée entière !
Je vous demande un peu ce que je m'en vais faire ?

ROBERT, *dans sa boutique, travaillant et chantant.*

Ta la la la la la la la la.

DERVILLE.

Lire ? Quoi ? des Romans, ils se ressemblent tous.

ROBERT, *continuant son travail et son air.*

Ta la la la la la la la la.

A

DERVILLE.

A la belle Julie, écrire un billet doux ?
Ecrire : ma foi non.

ROBERT, *toujours travaillant et chantant.*

Ta la la la la la la la.

DERVILLE.

         Aussi bien, avec elle,
Il est prudent, je crois, que j'aie une querelle.
Ce mariage auquel je songe, n'est pas fait,
Il ne se ferait pas, si cela se savait.
A propos, n'allons pas négliger cette affaire.
Hé bien, au enfant venir   (*Il appelle.*)

ROBERT, *examinant son ouvrage*

Or sus, c'est le bois qui me manque.

                (*Appelant.*)

                       Ma mère,
Si l'on vient, vous direz que je ne suis sorti
Que pour une minute.

Madame ROBERT, *en dedans.*

         Oui, c'est bon, mon ami.

ROBERT, *remettant son habit et ôtant son tablier.*

Allons, j'en puis trouver encor chez mon confrère,
Assez pour terminer cet ouvrage, j'espère.

DERVILLE.

Je passe pour heureux chez de certaines gens,
Parce que mes plaisirs occupent seuls mon tems :
Ils ont grand tort au fond de me porter envie,
Toujours se divertir, à la fin, on s'ennuie.

ROBERT, *qui a remis son habit.*

A notre bal d'hier, comme l'on a dansé !
C'est assez naturel : après avoir passé

Neuf jours à travailler. Ma foi, la bonne route,
Pour gagner le plaisir, c'est le travail sans doute.

(*Il traverse le Théâtre et sort en frédonnant un air de
contredanse.*)

DERVILLE, *sonnant encore.*

Holà quelqu'un ? eh bien, voyez si l'on viendra.
D'honneur, cela n'est fait que pour moi.

SCÈNE III.

DERVILLE, GABRIEL, *dans le Pavillon.*

GABRIEL.

ME voilà.

DERVILLE.

C'est fort heureux : eh bien, madame Ribardière,
L'as-tu vue ?

GABRIEL.

Oui monsieur. Et la fille et la mère.
Doivent rendre à monsieur leur visite, ce soir.
C'est votre parc et vous qu'à-la-fois on veut voir.

DERVILLE.

Qu'en dis-tu ? d'épouser ferai-je folie ?

GABRIEL.

Mais j'ai cru que c'était une affaire finie.
C'est un parti fort riche, et monsieur, pour son bien
M'avait dit qu'il craignait.....

DERVILLE.

Oh ! je ne crains plus rien,
L'ami Dorval me fait valoir certaine somme......

GABRIEL.

Dorval ! Banquier de jeu, je crois ?

DERVILLE.

>   Un honnête homme.

GABRIEL.

Oui, comme ils le sont tous.

DERVILLE.

>   Mais je suis tourmenté
Par tant de créanciers, et d'un autre côté,
Je n'aime pas beaucoup cette sotte famille.

GABRIEL.

La mère compte bien que vous aurez sa fille :
Même elle a fait dresser le contrat pour demain.

DERVILLE.

Ah ça ! me ferez-vous déjeûner ce matin ?

GABRIEL.

Mais monsieur s'est levé plutôt qu'à l'ordinaire,
Et je ne savais pas......

DERVILLE.

>   Vous ne savez rien faire.

GABRIEL.

Monsieur.....

DERVILLE.

>   Dans le jardin je vais me promener,
Et vous me servirez ici mon déjeûner.
Entendez-vous ?

GABRIEL.

>   Fort bien.

DERVILLE.

>   Ces gens-là sont uniques,
Il faut leur dire tout. On a des domestiques,

C'est égal, il faudrait soi - même se servir.
Dieu ! que le tems est long !

(*Il sort en bâillant.*)

SCÈNE IV.

GABRIEL , *seul, approchant la table et apprêtant une tasse.*

Il s'ennuie à périr ,
Et pour passer le tems le voilà qui me gronde.
Peste soit de ces gens qui ne font rien au monde.

SCÈNE V.

CLERMONT, SOPHIE, *arrivant par le fond.*

GABRIEL *dans le bosquet.*

SOPHIE, *un petit porte - feuille à dessiner sous le bras.*

Mon Dieu que je suis lasse ! arrivons-nous enfin ?

CLERMONT.

Oui, c'est ici , je crois.

SOPHIE *se reposant sur un banc, près la boutique de Robert.*

Juste ciel ! quel chemin !

GABRIEL.

Sitôt que par la tête il lui passe un caprice.......
Je voudrais bien le voir à son tour au service !
Qu'il serait sot alors !

(*Il rentre.*)

SCÈNE VI.
CLERMONT, SOPHIE.

CLERMONT.

       Eh! pourquoi t'obstiner
A venir avec moi ?

SOPHIE.

      Mais pour me promener,
Pour ne pas te quitter un seul instant, mon frère,
Pour éviter enfin notre propriétaire.
Je pourrai m'occuper d'ailleurs. J'ai mon crayon,
La campagne est superbe au bas de ce vallon.
Tu m'y retrouveras, en sortant du village :
Je pourrai te montrer un charmant paysage.

CLERMONT.

La nature en effet, en ce canton, ma sœur,
Etale ses bienfaits avec une splendeur !
Les beaux vers qu'en ces lieux un poëte doit faire ?
Je me sens inspiré.

SOPHIE.

     Te voilà bien, mon frère ;
Quand ta verve te prend, oubliant l'univers.
Songe à notre détresse : et laisse là tes vers.

CLERMONT.

Pourquoi? sur notre sort, moi, je suis fort tranquille.

SOPHIE.

Fort tranquille, et comment ?

CLERMONT.

      Je suis sûr de Derville.

SOPHIE.

Tu juges d'après toi tous les hommes.

CLERMONT.

Ma sœur ;
Je les juge d'après mon œil observateur,
D'après la connaissance étendue et profonde,
Que donnent la lecture et l'étude du monde.

SOPHIE.

Une belle amitié ? qui date ? de quel tems ?
Du tems où vous étiez tous deux encor enfans.

CLERMONT

Et c'est ce qui la rend plus solide et plus sûre :
Douter d'un tel ami serait lui faire injure :
Crois que je lui suis cher, autant que je l'étais :
Ces premiers sentimens ne s'effacent jamais,
Et nos meilleurs amis sont ceux de notre enfance.
A ces tems fortunés, moi jamais je ne pense,
Sans me sentir ému ; nous étions trois, ma sœur,
Robert, Derville et moi, même esprit, même cœur,
Du même âge à-peu-près, dans le même collége
Et dans la même classe ; enfin, que te dirai-je ?
Tous nos petits chagrins, tous nos petits plaisirs
Etaient mis en commun, que d'heureux souvenirs
Viennent à leur nom seul s'offrir à ma mémoire !
A l'amitié constante, on refuse de croire,
Mes amis, entre nous, répétions-nous souvent,
Nous ignorons tous trois le sort qui nous attend ;
Quel qu'il soit, nous serons toujours comme nous sommes,
D'une rare amitié donnant l'exemple aux hommes ;
L'un de nous du malheur peut éprouver les traits,
Qu'à lui porter secours, les deux autres soient prêts :
Tant que l'un de nous trois aura quelque fortune,
Promettons qu'à tous trois elle sera commune ;
Nous nous sommes depuis négligés, j'en conviens,
C'est l'instant d'oublier et leurs torts et les miens.
Je suis pauvre, Derville est au sein des richesses ;
Comme il va s'empresser de tenir ses promesses !
Pour Robert, au collége il n'était que boursier,
C'était l'unique enfant d'un pauvre menuisier.
Aussi-tôt que Derville aura payé mes dettes,
Que ma pièce m'aura produit d'amples recettes

Et de gloire et d'argent, je chercherai Robert.
Par ses amis bientôt il sera découvert.
Nous aurons bientôt mis de l'ordre en ses affaires,
Et nous vivrons ensemble alors comme trois frères ;
Alors, j'aurai fixé près de moi le bonheur :
Car, j'aurai près de moi, mes amis et ma sœur.

SOPHIE.

Bon dieu ! mon cher Clermont, de notre pauvre père
Que tu possèdes bien le bouillant caractère ?
Comme toi, ne parlant jamais sans passion,
D'un vrai peintre il avait l'imagination ;
Je reconnais en toi celle d'un vrai poëte.
Aussi, tu jouiras d'une gloire complette,
Comme lui, comme lui, tu mourras sans argent.

CLERMONT.

Que veux-tu ? c'est le sort des hommes à talent ?
Un pareil avenir n'a rien qui m'épouvante.
De ce mal de famille es-tu toi-même exempte ?

SOPHIE.

J'aurais dû modérer ta dépense ; mais quoi ?
Je suis artiste aussi, mon frère, et comme toi,
Au plus bel heritage aussi je le préfère,
Ce talent faible encor que je dois à mon père :
Il me l'avait donné pour charmer mon loisir.

CLERMONT.

Et de dot à présent il pourra te servir.

SOPHIE.

C'est assez babiller. Songe que le tems presse,
De Derville t'a-t-on bien indiqué l'adresse ?

CLERMONT.

Oui, voilà sa maison, à deux pas, et voici
La grille du jardin. Un bosquet ! C'est ici
Que commence son parc.

SOPHIE.

Adieu. De l'entrevue
Ne tarde pas, mon frère, à m'apprendre l'issue ;
Puisse-t-elle être heureuse !

CLERMONT.

Heureuse, j'en réponds.
Et même de ta dot à l'instant nous parlions,
Ma sœur, ton mariage est bien près de se faire,
Peut-être.

SOPHIE.

Bon ?

CLERMONT.

Derville étant l'ami du frère,
Pour la sœur aisément va prendre de l'amour.
Tu ne peux t'empêcher de payer de retour
Un digne ami qui règne avec toi sur mon ame.

SOPHIE.

Et de ce digne ami je suis déjà la femme !

CLERMONT.

Pas tout-à-fait.

SOPHIE.

D'accord. Notre hymen n'est pas sûr ;
Mais, sans plus de délais, songe à voir mon futur ?
Moi, tout en attendant cet heureux mariage,
Je m'en vais commencer là bas, mon paysage.

(*Elle sort.*)

SCENE VII.

CLERMONT, DERVILLE, GABRIEL.

(*Pendant la scène précédente, on a servi le déjeûner de Derville, et il s'est assis près d'une petite table, dans le bosquet.*)

CLERMONT, *reconduisant sa sœur.*

DANS un quart d'heure au plus, je te rejoins, ma sœur

DERVILLE *s'asseyant, à Gabriel.*

C'est bon.

CLERMONT, *s'avançant vers le bosquet.*

Le cœur me bat.

GABRIEL, *à Clermont.*

Que demande Monsieur ?

CLERMONT.

Conduisez moi de grace à mon ami Derville.
(*L'appercevant.*)
Ah ! le voilà.

DERVILLE, *se levant.*

Monsieur...... puis-je vous être utile ?

CLERMONT.

Tu ne reconnais pas ton vieil ami Clermont ?

DERVILLE.

Clermont !

CLERMONT.

Eh oui vraiment, mais embrasse-moi donc ;
Je te revois enfin après six ans d'absence,
Et j'arrive à propos, suivant toute apparence,
Pour déjeûner. Tant mieux, ma foi, j'en ai besoin.
J'en conviens, de Paris cet endroit n'est pas loin,
Mais l'appétit se gagne en marchant.

DERVILLE. *à Gabriel.*

Allons, vite,
Du chocolat.

GABRIEL.

J'y cours.   (*Il sort.*)

SCÈNE VIII.

CLERMONT, DERVILLE.

DERVILLE.

Parbleu de ta visite
Je te sais bien bon gré. Tu me vois transporté.

CLERMONT.

Et moi donc, mon ami! combien j'ai souhaité
Cet instant! mais en toi quelle métamorphose!
Te voilà grand.

DERVILLE.

Je puis dire la même chose
De toi, mon cher Clermont, et j'avais peine aussi
A remettre tes traits. Toujours fort étourdi?

CLERMONT.

Oh! je n'ai pas changé.

DERVILLE.

Ni moi non plus.

CLERMONT.

Ton père
T'a laissé, m'a-t-on dit, riche propriétaire?
As-tu continué son commerce?

DERVILLE.

Non.

CLERMONT.

Non!
Quel est donc ton état, en ce cas?

DERVILLE.

Aucun.

CLERMONT.

Bon!

DERVILLE.

Ma foi, je suis assez riche pour ne rien faire.

CLERMONT.

Ah ! je voudrais te voir penser d'autre manière ;
Je ne te dirai pas ce qu'on a répété,
Fort souvent, que le riche à la société,
Comme le pauvre doit son tems, son industrie ;
Que de plus, il n'est pas quitte envers la patrie,
S'il ne fait de son bien un sage et bon emploi :
De ton seul intérêt je te parlerai, moi ;
Tu jouis maintenant d'une grande fortune,
C'est fort bien ; mais, dis-moi, mon cher en est-il une
A l'abri d'un revers ? je te prêche, pardon,
Je ne suis pas venu pour te faire un sermon.

DERVILLÉ.

Nous avons en effet à parler d'autre chose.

CLERMONT

Avec toi, cependant, il faudra que je cause.

DERVILLE.

Soit ; mais parlons de toi. Ton sort est-il heureux ?

CLERMONT.

Le plus heureux du monde.

DERVILLE.

        En vérité ? tant mieux.
Ton état, quel est-il ?

CLERMONT.

     Poète dramatique.

DERVILLE.

Ah ça ! plaisantes-tu ?

CLERMONT.

      Non : dès ma rhétorique

Je me sentais déjà des dispositions :
Tu t'en souviens ; le tems et les réflexions,
Mais le travail sur-tout les ont beaucoup mûries.
Ce n'est pas à vingt ans qu'on fait des comédies,
Je le sais : mais j'ai là certain pressentiment.....
Par la suite, je puis avoir un grand talent.

DERVILLE.

Chez ton père, toujours, tu fais ta résidence ?

CLERMONT.

Il n'est plus, mon ami. Sa mort et ton absence,
Voilà, depuis six ans mes uniques chagrins.

DERVILLE.

Ah, j'ai perdu le mien, mon ami, je te plains ;
Car je sais ce que c'est qu'une perte semblable ;
T'a-t-il laissé du moins un bien considérable ?

CLERMONT.

La fortune d'un peintre.

DERVILLE.

Ah ! ah !

CLERMONT.

C'est à savoir
Des dettes à payer et ma sœur à pourvoir.
Cette succession, comparée à la tienne,
Ne brille pas beaucoup, mais qu'à cela ne tienne,
Ma sœur sait déjà peindre assez passablement :
Nous avons pris tous deux nôtre parti gaîment.
Les arts nous fourniront l'absolu nécessaire,
Et c'est assez pour nous. De la dot de ma mère
Nous avons, en huit jours, rassemblé les débris,
Et nous voilà tous deux, en route pour Paris :
Des talens et du goût Paris est la patrie.
J'y suis depuis trois mois. J'observe, j'étudie,
Je t'ai cherché par-tout Ce n'est qu'hier au soir,
Que j'ai bien su l'endroit où je pourrais te voir.

Franchement, il était tems que je te trouvasse ;
Comme l'on n'apprend pas à compter au Parnasse ;
Moi, j'ai tant dépensé que je n'ai plus d'argent,
Et mon propriétaire est venu poliment,
Ce matin, m'annoncer qu'à huit heures précises,
Ce soir, il me fallait, sans délai, sans remises,
Acquitter je ne sais quel loyer, et de plus,
Quelques deux mille francs qui par moi lui sont dus ;
Sans quoi, chez moi demain les huissiers, la saisie,
De tout mon mobilier fort peu je me soucie :
Il est joli pourtant ; mais tous mes manuscrits,
Mes livres ! à mes yeux, ces objets sont d'un prix !
Les saisir ! Ah ! cent fois plutôt qu'on m'assassine !
Je tremblais, en voyant de si près ma ruine ;
Mais je ne crains plus rien, puisque je t'ai trouvé,
Des griffes des huissiers, mon tresor est sauvé.

DERVILLE.

Comment !

CLERMONT.

C'est mille écus qu'il faut que tu me prêtes.

DERVILLE.

Ah ! ah !

CLERMONT.

Afin qu'après avoir payé mes dettes,
J'aye encor de l'argent, pour vivre quelque tems.
C'est bien vu, n'est-ce pas ?

DERVILLE.

C'est donc trois mille francs
Qu'il te faut.

CLERMONT.

Oui.

DERVILLE.

Mon dieu ! c'est une bagatelle.

CLERMONT.

Sur-tout, pour toi.

DERVILLE.

Sans doute, et la somme fût-elle
Beaucoup plus forte encor !....

CLERMONT.

Je t'entends. Tu le voi,
Mon ami, j'en agis sans façon avec toi,
Je fais ce qu'avec moi je voudrais que tu fisses,
Si tu venais un jour réclamer mes services.

DERVILLE.

Trop heureux d'obliger mon ami le plus cher :
C'est qu'au jeu j'ai perdu tout mon argent hier.

CLERMONT.

Au jeu ! vilain défaut !

DERVILLE.

Mais que veux-tu qu'on fasse
De son tems ? à jouer il faut bien qu'on le passe.

CLERMONT.

Jusqu'à ce point encore n'es-tu pas dépourvu,
Que ton ami par toi ne soit pas secouru ?

DERVILLE.

Je ne suis pas si riche.

CLERMONT.

Allons donc ; quand de rente
On a vingt mille écus !

DERVILLE.

Mais j'en dépense trente.

CLERMONT.

Trente ! eh mais, mon ami, c'est un tort que cela.
L'on ne doit dépenser jamais que ce qu'on a.

DERVILLE.

Il te sied de prêcher, toi qui n'as rien qui vaille,
Et qui dépense tant !

CLERMONT.

Mon ami , je travaille,
Un succès paiera tout. Mais comment paieras-tu ,
Toi , ta dépense faite , outre ton revenu ?
Raison de plus pour prendre un état au plus vîte.
Mais de ces mille écus j'ai besoin tout de suite ;
Nas-tu pas des amis qui peuvent te prêter ?

DERVILLE.

Mais voilà ton erreur : quand il faut emprunter ,
On n'en a plus d'amis.

CLERMONT.

En effet je commence
A m'en appercevoir.

DERVILLE.

Oh ! sans impatience ,
Ecoute moi, voyons. Ne peut-on s'arranger ?
Sous dix ou quinze jours, je pourrai t'obliger.

CLERMONT.

A mon propriétaire il faut ce soir la somme ,
Si non, il fait saisir.

DERVILLE.

C'est donc un juif, cet homme !

CLERMONT.

Il est mon créancier et n'est pas mon ami.

DERVILLE, *de très-mauvaise grace.*

J'entends. Je le suis, moi. J'ai ce qu'il faut ici.
Et je vais te prêter.

CLERMONT.

Non, ce n'est pas la peine.

DERVILLE.

Pourquoi ?

CLERMONT.

C'est que je vois que la chose te gêne.

DERVILLE.

Non. As-tu ton billet ? ta parole suffit :
Cependant, on ne sait ni qui meurt, ni qui vit.

CLERMONT, *étouffant un mouvement d'impatience.*

Ma foi, non : je n'ai pas eu cette prévoyance.
Je le ferai. Sois sûr de ma reconnaissance.

DERVILLE.

Prends et compte avec moi. Voilà tout ton argent.

(*Il lui donne de l'argent que Clermont garde dans sa main.*)

Mais au moins, pourras-tu me rendre promptement ?

CLERMONT.

Tres-promptement. On va jouer ma comédie.

DERVILLE.

J'ai lieu de souhaiter qu'elle soit applaudie.
Cet effet sur la place aurait peu de crédit.
Je ne vous conçois pas, vous autres gens d'esprit !
S'amuser à rimer, au sein de la misère !

CLERMONT.

Cela ne vaut-il pas mieux que de ne rien faire.

DERVILLE.

Sur-tout, cela vous rend un énorme profit !

CLERMONT.

Qui nous suffit au moins.

DERVILLE.

Oui, quand on réussit.
Mais réussiras-tu ? j'en doute.

CLERMONT.

Je l'espère.

B

DERVILLE.

Il avait devant lui l'exemple de son père,
Monsieur fait comme lui, bien loin d'en profiter.

CLERMONT.

Derville ! je suis las bientôt de t'écouter.

DERVILLE.

Pourquoi donc ? à l'instant tu blâmais ma conduite,
Moi, je blâme la tienne, à présent, je suis quitte,
Et voilà tout pourtant.

CLERMONT.

   Entre deux vrais amis,
Si l'un d'eux a le droit de donner des avis,
C'est celui qui se trouve avoir besoin de l'autre,
Ils sont bien dans ma bouche, ils sont mal dans la vôtre.

DERVILLE.

C'est qu'il est incroyable aussi qu'après six ans,
Exprès pour emprunter on tombe chez les gens.
Je crois avoir le droit.......

CLERMONT, *remettant l'argent sur la table.*

   Cet argent ne vous donne
Aucun droit. Le voilà.

DERVILLE.

   Comment, il déraisonne,
Prends cet argent, et mets ton orgueil de côté.

CLERMONT.

Cet argent ! je rougis de l'avoir accepté.

DERVILLE.

Calme-toi, mon ami ; comme il est susceptible !

   (*Gabriel entre-portant le chocolat.*)

Voilà ton déjeûner. Attends donc.

CLERMONT.

Impossible.

DERVILLE.

Mais on l'a fait pour toi.

CLERMONT.

De vous, je ne veux rien.

DERVILLE.

Comment donc, avec moi, tu n'en agis pas bien !

CLERMONT.

Derville, vous valiez beaucoup mieux au collége.
(*Il sort du bosquet et se promène avec agitation.*)

SCÈNE IX.

DERVILLE, GABRIEL, *dans le pavillon*, CLERMONT.

DERVILLE.

IL a raison, je crois.

GABRIEL.

Monsieur, l'appellerai-je ?

DERVILLE.

Non. Après tout, pourquoi s'emporte-t-il d'abord ?
Ces mille écus d'ailleurs me gêneraient très-fort.
Viens m'habiller. J'attends madame Ribardière
Ce soir ; cette union me devient nécessaire.
Je serai riche alors. Comme ils seront reçus
Tous mes amis ! jamais de ma part un refus.
Que dis-je ? je saurai les prévenir moi-même,
J'irai chercher Clermont, et je prétends qu'il m'aime,
Comme il m'aimait avant la scène d'aujourd'hui.
(*Il rentre.*)

GABRIEL.

Il est bon diable au fond. Que de gens comme lui !
(*Il rentre avec Derville.*)

SCÈNE X.

CLERMONT, *seul.*

Humilier ainsi l'ami de son enfance !
L'ami qui vient à lui tout rempli d'espérance !
J'en suis honteux pour vous, Derville.
(*Il s'assied contre la boutique de Robert, la tête dans ses deux mains.*)

SCÈNE XI.

CLERMONT, ROBERT, *les épaules chargées de planches.*

ROBERT, *appercevant Clermont devant sa boutique.*

S'il vous plaît :
Dérangez-vous un peu.
(*Clermont se retourne.*)
Comment..... il se pourrait !
C'est Clermont.
(*Il jette tout son bois et se précipite dans les bras de son ami.*)

CLERMONT.

Ciel ! Robert !

ROBERT.

La rencontre est unique.

CLERMONT.

Par quel hazard ici ?

ROBERT.

Moi, voilà ma boutique.

CLERMONT.

En face de Derville ?

ROBERT.

Oui, mais je ne le voi
Que fort peu : car il est dans le grand monde, et moi,
Simple et pauvre artisan comme l'était mon père....

CLERMONT.

Ah ! mon ami , pourquoi sommes-nous sur la terre,
Pour voir régner par-tout la fraude, l'intérêt,
Aux méchans, aux ingrats, pour servir de jouet.
Qu'Alceste a bien raison dans sa misanthropie !
Pour un cœur généreux quel fardeau que la vie !

ROBERT.

Toujours ton caractère à l'extrême porté !
Contre le genre humain, je te vois irrité,
Pourquoi ? c'est qu'on t'a fait un trait.....

CLERMONT.

Un trait infâme ;
Un trait qui m'a blessé jusques au fond de l'ame.

ROBERT.

Clermont, à ton ami, raconte tes malheurs.

CLERMONT.

Des amis ! en est-il ? ils sont tous faux, trompeurs.
Je l'ai cru mon ami, ce Derville, ce traître !
Pour ce qu'il est enfin, je viens de le connaître ;
En m'adressant à lui, je croyais le servir ;
Car, je puis m'en passer. Ce soir, on doit saisir
Mes meubles, il est vrai, si je ne me procure
Mille écus.

ROBERT.

Se peut-il ?

CLERMONT.

Que ton cœur se rassure ;
De mes livres, je puis avoir, quand je voudrai,
Bien plus de mille écus ; eh bien ! je les vendrai,

Mes livres! ils me sont bien utiles, sans doute :
Je m'en séparerai, quoiqu'enfin il m'en coûte.

ROBERT.

Vendre tes livres! non, tu ne les vendras pas.

CLERMONT.

Il le faut.

ROBERT.

Point du tout, et tu les garderas.

CLERMONT.

La remontrance ici, Robert, est inutile,
Je ne veux rien devoir à cet ingrat Derville.

ROBERT.

Tu ne les vendras pas. Eh! pour qui me prends-tu?
Je travaille, je n'ai qu'un mince revenu,
Je ne suis pourtant pas encor dans la misère,
Et mon plus cher ami, mon compagnon, mon frère,
Ne sera pas réduit à vendre ses effets.
J'aurai tes mille écus.

CLERMONT.

Quoi!

ROBERT.

                              Je te les promets,
Pour ce soir, j'en réponds; sur-tout, je t'en conjure,
Clermont, de refuser ne me fait pas l'injure;
Ce que je t'offre ici, c'est de bonne amitié;
Mon cher Clermont, accepte, et je suis bien payé.
Ce n'est pas tout encor. Tu parlais de saisie,
Tout-à-l'heure, chez moi, vient loger, je t'en prie,
Je ne suis pas beaucoup plus fortuné que toi :
Deux pauvres réunis sont moins pauvres, je croi;
Qu'ensemble, nous allons passer des jours prospères,
Unissons nos travaux, unissons nos salaires.
Au sein de l'amitié le bonheur nous attend.

CLERMONT.

Laisse-moi respirer, ami rare et constant.
Et moi qui me plaignais à l'instant de la vie :
Du jour dont je jouis, ciel, je te remercie.
Comme l'a fort bien dit un poète charmant,
« Non, il n'est d'homme à plaindre ici que le méchant ».

SCÈNE XII.

LES PRÉCÉDENS, SOPHIE.

SOPHIE.

Mon frère, je m'ennuie à-la-fin de t'attendre ;
Eh bien ! l'as-tu trouvé l'ami fidèle et tendre ?

CLERMONT.

Oui, oui je l'ai trouvé, non Derville, ma sœur,
Mais Robert que voilà, Robert mon bienfaiteur.
C'est ma sœur, mon ami, celle dont au collège
Je parlais si souvent. Ma sœur, que te dirai-je ?
Je l'ai vu ce Derville, à peine a-t-il daigné
Me reconnaître, et moi, je sortais indigné.....
Mais parlons de Robert et laissons-là Derville.
Mon ami, pourrons-nous accepter ton asyle ?
Tu n'es pas marié ?

ROBERT.

Non.

CLERMONT.

Serait-il décent
Que ma sœur établît chez toi son logement ?

ROBERT.

Vous ne logerez pas chez moi, mais chez ma mère ;
Moi-même je ne suis que son pensionnaire,
Et c'est elle en ces lieux qui doit vous recevoir.
Ma mère.

Madame ROBERT, *en dedans.*

Qu'est-ce donc ?

ROBERT.

Quelqu'un qui veut vous voir.

Madame ROBERT, *en dedans.*

Attendez, je descends.

ROBERT.

Elle est infirme, âgée ;
Chez son fils avec joie elle se voit logée.
Diriger ma maison, veiller à mon repos,
C'est pour elle un bonheur, un vrai baume à ses maux ;
Et moi, dans ses vieux ans je m'attache à lui rendre
Tous les soins que de moi jadis elle a pu prendre.

SOPHIE.

Que voilà bien le cœur de nos bons artisans !
Probes, laborieux, aimant bien leurs parens.
Dans ces soins, avec lui, comme je veux me plaire !

SCÈNE XIII.

LES PRÉCÉDENS, Madame ROBERT.

ROBERT.

TENEZ, de vieux amis arrivent, ma mère,
Les voilà. Vous cherchez où vous les avez vus ?
Nulle part, et de vous pourtant ils sont connus.

Madame ROBERT.

Bon !

ROBERT.

Pas un soir que d'eux je ne vous entretienne.
C'est Clermont et sa sœur.

Madame ROBERT.

Clermont ! qu'il me souvienne.
Ah Clermont ! ton ami de classe ? un bon garçon.
Soyez le bien venu, Monsieur, dans la maison.

ROBERT.

Ils vont loger chez nous. Vous voulez bien, ma mère ?

Madame ROBERT.

Eh ! puis-je rien blâmer de ce que tu peux faire ?

ROBERT.

Nous allons nous trouver à l'étroit, j'en conviens.

Madame ROBERT.

On se gêne entre amis : car les tiens sont les miens,
Mon fils, (*à Sophie.*) ce cher enfant, il porte une belle ame,
Pas vrai, mademoiselle ?

SOPHIE.

Oui, bien belle, Madame.

ROBERT.

Or ça, ma mère, il faut vous distinguer ici.
On ne retrouve pas tous les jours son ami.
C'est qu'il ne s'agit pas d'épargner la dépense.
(*à Clermont.*)
Ta chère sœur et toi, vous avez faim, je pense ?

CLERMONT.

Mon cher Robert, au moins point de façons pour moi.

ROBERT.

Des façons ! pour qui donc, si ce n'était pour toi ?

Madame ROBERT.

J'entends. (*à Sophie.*) Il ne hait pas le bon vin ni la table,
Non qu'il fasse d'excès ; il en est incapable.

ROBERT.

J'attends quelqu'un d'ailleurs que tu connais.

CLERMONT.

Qui donc ?

ROBERT.

Notre ancien professeur de rhétorique.

CLERMONT.

Bon ?

Le vieux père Bonard.

ROBERT.

Il loge en ce village
Il aime à visiter mon petit hermitage.

Madame ROBERT.

Un homme instruit, profond, d'un mérite réel,
Qui m'estime, m'écoute, un homme dans lequel,
Moi qui vous parle, j'ai beaucoup de confiance.
Mais tandis que je jase ici, l'heure s'avance,
Et qui ferait sans moi votre dîner ? Pardon.

SOPHIE.

Je veux vous aider,

Madame ROBERT.

Point.

SOPHIE.

Je suis de la maison.

Madame ROBERT.

Elle est charmante au moins la chère demoiselle,
Venez, donc, mon enfant.

SOPHIE.

Voilà ce qui s'appelle,
Mon frère, un généreux et véritable ami.
(*Elle rentre avec madame Robert.*)

SCÈNE XIV.
CLERMONT, ROBERT.

CLERMONT.

Mais, ce cher professeur ! comment, il loge ici.
Te souviens-tu qu'un jour, dans sa bibliothèque
Je me glissai.

ROBERT.

Parbleu, de la version grecque
Tu nous distribuas une traduction.
Et ce jour où, pendant la récréation,
Nous trouvâmes chez lui certaine eau des Barbades.

CLERMONT.

Que nous bûmes avec trois de nos camarades.

ROBERT.

Le père de Derville avait fait le cadeau.

CLERMONT.

Dans la bouteille après c'est moi qui mis de l'eau :
C'était un bien bon homme, au fond.

ROBERT.

Très-estimable.

CLERMONT.

Dans la société, je l'ai vu fort aimable.

ROBERT.

Comment donc ? près du sexe il faisait le galant.

CLERMONT.

De l'Université c'était le moins pédant.

ROBERT.

Il vient.

CLERMONT.

Oh ! c'est bien lui, sa perruque, sa canne,
Son chapeau sous le bras, le bel habit de panne,
Que du coffre il tirait les jours de grand congé.
Son costume, sa marche, en lui rien n'a changé.

SCÈNE XV.

LES PRÉCÉDENS, BONARD.

ROBERT.

Qu'il me tardait qu'ici vous vinssiez à paraître,
Père Bonard, voyons, pourrez-vous reconnaître
Un de vos écoliers ?

BONARD.

Je n'en sais rien, ma foi :
Pendant trente ans et plus, je fus professeur, moi,
J'en ai tant vus, tant vus. Mettez-moi sur la trace.

ROBERT.

Un de vos bons amis, le plus fort de sa classe,
Clermont !

BONARD.

Est-il possible ? oui vraiment, le voici ;
Parbleu, je suis charmé de vous voir, mon ami.
Vous m'êtes cher, parmi mes vieilles connaissances ;
Il est vrai, vous donniez de grandes espérances :
Aussi, pour vous former, je me donnais un soin.
Je me disais souvent, ce jeune homme ira loin.
Cette prédiction, mon cher, s'accomplit-elle ?
Aux Muses êtes-vous resté toujours fidèle ?

CLERMONT.

Oh ! toujours ; elles font ma consolation,
Mes plaisirs, mon bonheur.

BONARD.

C'est cela. Ciceron
Défendant au forum Archias le poète,
Des Muses fait ainsi la louange complète
Adolescentiam alunt. . . . .

CLERMONT.

Puisque de vous trouver j'ai enfin le bonheur,
Je veux que vous soyez mon juge, mon censeur.

BONARD.

Ah ! vous me trouverez bien barbare, peut-être,
Et c'est à votre tour vous qui serez mon maître.

ROBERT.

Courage, vous voilà tous les deux à causer,
Moi, menuisier indigne, on va me mépriser.

BONARD.

Non pas. *Inter doctos*, il peut tenir sa place.
D'accord, il n'était si fort que vous, en classe ;
Mais, tout en maniant son rabot, savez-vous
Qu'il s'est beaucoup formé, que, presqu'autant que nous,
Il a du tact, du goût. Mais à quelle partie
Vous êtes vous livré, vous ?

CLERMONT.

A la comédie.

BONARD.

Avec ce genre-là je suis peu familier.
Cependant, nous verrons, mon ancien écolier,
Je pourrai relever encor plus d'une faute.
Je possède assez bien mon Térence et mon Plaute.
Je vous surpris un jour certain plan ébauché,
Un dialogue.... alors, moi je fis le fâché.
Pardon, du professeur au fond c'était le rôle.
N'est-ce pas ? néanmoins je le trouvai fort drôle.
Je ne pus m'empêcher de rire, en vous grondant.

ROBERT.

Je m'en souviens.

CLERMONT.

La scène était-elle vraiment ?....

BONARD.

Un critique aurait bien pu vous chercher chicane,
Mais le style sentait Lucien, Aristophane.

ROBERT.

Bien : mais allons dîner.

BONARD.

Bon, excellent avis :
Ainsi le bon Horace, avec de vrais amis,
Faisait une satyre, en sablant le Falerne :
Il a de bon vin vieux, quoiqu'un peu plus moderne :
Allons, sans plus tarder, prendre place au banquet.

CLERMONT.

Quel aimable repas !

ROBERT.

Mais il n'est pas complet,
Derville, tu devrais être de la partie.

CLERMONT.

Ah ! ne m'en parle pas.

BONARD.

Je gage qu'il s'ennuie,
Tandis que fort gaîment nous passons notre tems ;
Ma foi, pour être heureux, vive les pauvres gens !

Fin du premier Acte.

ACTE DEUXIÈME.

SCÈNE PREMIÈRE.
Madame ROBERT, SOPHIE.

SOPHIE.

MON frère est bien content, il passerait sa vie
Volontiers à parler de vers, de poésie.

Madame ROBERT.

Oui-dà. M. Bonard est son homme en ce cas ;
Qu'il parle grec, latin, moi je ne l'entends pas.
Ni vous non plus, causons en bon français, ma chère.
Vous paraissez l'aimer beaucoup votre cher frère ;
Vous faites bien, mon fils me l'a toujours vanté.
Cet éloge à coup sûr était bien mérité.
Car Robert s'y connaît ; mon fils ! mademoiselle,
Mon fils ! en plus d'un point, vraiment c'est qu'il excelle :
Où me trouvera-t-on en France, un ouvrier,
Qu'on puisse comparer à lui dans son métier ?
En France : il n'en est pas peut-être dans l'Europe,
Croyez-vous qu'il se borne à pousser la verloppe.
Lui ? point du tout, il a ce que d'autres n'ont pas.
Une tête en état de bien guider ses bras.
Puis sage dans ses goûts, ses mœurs, ses habitudes,
Garçon instruit, d'ailleurs : il a fait ses études.

SOPHIE.

Clermont l'estime et c'est un suffrage de poids,
Que celui de mon frère, ou du moins, je le crois :
Un esprit si bien fait, un si bon carctère !
Je lui dois tout, en lui j'ai retrouvé mon père ;
Jamais frère n'aima plus tendrement sa sœur,
Et chacun avec moi rend justice à son cœur.

Madame ROBERT.

Au cœur de mon cher fils, cela fait que je pense !
Pour sa mère quels soins, quelle persévérance :

Aussi je fais au Ciel bien des vœux aujourd'hui,
Ces vœux pour qui sont-ils, pour moi , non , mais pour lui;
Avant de mourir, moi tout ce que je souhaite
C'est de le voir l'époux d'une femme parfaite.

SOPHIE.

S'il ressemble au portrait que vous faites ici ,
Heureuse qui sera femme d'un tel mari.

Madame ROBERT.

Heureuse ! trop heureuse , et tenez , feu son père
Etait de ces époux comme l'on n'en voit guère ,
Point gênant , point jaloux , sur-tout point curieux ;
Eh bien ! ma chère enfant , le fils vaut cent fois mieux.
(*Regardant du côté de la boutique.*)
Mais nos hommes enfin se sont levés de table ,
Je m'en vais chez Guillaume, un vieillard respectable ,
Pauvre et chez qui mon fils fait porter tous les jours
Un potage, un bouillon, enfin quelques secours.

SOPHIE.

Comment, il trouve encor, presque dans l'indigence,
Le secret d'exercer un peu de bienfaisance.

Madame ROBERT.

Oui vraiment, ce n'est pas parce qu'il est mon fils,
Mademoiselle, mais c'est un garçon d'un prix !
Oh ça ! dans la maison encor j'ai maint ouvrage.

SOPHIE.

C'est moi qui veux ranger tout le petit ménage.

Madame ROBERT.

Oh ! bien soit, dans l'instant je reviens.
(*Elle sort emportant un petit poëlon couvert.*)
SOPHIE.
Les voici.

(*Clermont , Robert et Bonard sortent de la boutique et causent
ensemble.*)

SOPHIE, *regardant Robert avec intérêt.*

Il est honnête, humain, bon fils et bon ami.

Votre mère a raison et je pense comme elle,
Robert, des bons époux vous serez le modèle.
(Elle rentre dans la boutique, Clermont, Bonard
et Robert s'avancent.)

SCÈNE II.

CLERMONT, BONARD et ROBERT.

BONARD.

ET voilà les repas qui me plurent toujours.
J'ai dîné chez Derville aussi ces derniers jours,
Qu'ai-je trouvé chez lui ? des femmes adorables,
Et des hommes charmans ; tous gens fort agréables,
Mais parmi tout cela, pas un brin de gaîté ;
J'étais fort déplacé dans la société ;
Dans la vôtre, je suis à mon aise, au contraire,
On rit, on chante, on boit ; tout en vuidant son verre,
Sur quelques points douteux, on discute, on s'instruit ;
Et l'on nourrit ensemble et le corps et l'esprit.

CLERMONT.

Mais mon cher professeur expliquez-moi de grace,
Un fait qui me surprend. L'ami Robert en classe,
Soit dit, sans le fâcher, était un bon enfant ;
Mais Derville annonçait un esprit plus perçant :
J'avais avec Derville à traiter d'une affaire,
Ce matin, et je l'ai trouvé fort ordinaire,
Tandis qu'au cher Robert je trouve un sens exquis :
Pendant tout le dîner il m'a vraîment surpris.

BONARD.

C'est un point qui se trouve expliqué dans Tacite,
Tacite ou Cicéron : tous les deux je les cite ;
Car je ne sais duquel est la comparaison ;
S'il m'en souvient pourtant elle est de Cicéron ;
Comme un champ que le soc jamais ne sollicite,
Est bientôt infecté d'une herbe parasite ;
Ainsi tout homme oisif accueille des penchans,
Inutiles au moins, s'ils ne sont pas méchans.

C

CLERMONT.

C'est une vérité que je sens par moi-même,
Mais dans mes passions qui fus jadis extrême,
Pourquoi suis-je aujourd'hui patient et sensé ?
C'est que j'ai beaucoup lu, que j'ai beaucoup pensé.
Si ma raison enfin peut imposer silence
Aux transports dont souvent je sens la violence,
D'un travail assidu ce sont là les bienfaits.

BONARD.

Sans doute ; mais voici, mes enfans, à-peu-près
L'heure où la botanique aux environs m'appelle.

CLERMONT.

La botanique ! vous ?

BONARD.

      Cette science est celle
Qui convient à mon âge, à mon cœur, à mes goûts ;
Jeunes gens, je ne puis travailler comme vous.
Chercher des fleurs, voilà mon unique habitude,
C'est un délassement, bien plutôt qu'une étude,
Et c'est ce qu'il me faut.

CLERMONT.

        Les goûts purs, innocens,
Jusques dans leur hiver, suivent les bonnes gens,
Oubliant ses malheurs, ainsi l'auteur d'Emile
Allait herboriser aux bois de Romainville.

ROBERT.

Emile ! à ce nom-là, tout mon cœur s'est ému.
L'hommage à mon métier, par Jean-Jacques rendu,
Me donne en quelque sorte une part dans sa gloire :
Aussi, qui plus que moi revère sa mémoire.

BONARD.

Par les hommes, Rousseau, trahi, persécuté,
Vivait avec les fleurs, dans leur société,
Trouvait des plaisirs purs.

CLERMONT.

        Plaisirs bien préférables
A ceux que présentait celle de ses semblables ;

Car moi, dont le métier est de les observer,
Je sais qu'ils ne sont pas faciles à trouver
Les hommes comme lui, comme vous, mon cher maître.

BONARD.

Il est d'honnêtes gens, plus qu'on ne croit peut-être.
Or çà, c'est donc chez moi qu'on soupera ce soir.

ROBERT.

Oui, tous.

BONARD.

Je tâcherai de vous bien recevoir.
Vile potabis modicis sabinum
 Cantharis.

SCÈNE III.
ROBERT, CLERMONT.
CLERMONT.

L'EXCELLENT homme !

ROBERT,

Oh ! oui.

CLERMONT.

Ton ouvrage t'appelle,
Mon cher Robert, et moi, je roule en ma cervelle
Un nouveau plan. L'accueil que Derville m'a fait,
Sur la scène, je crois, ferait un grand effet ;
Et puis j'ai sur le cœur mon amitié trahie :
Pour me venger, je veux le mettre en comédie.

ROBERT.

Te venger, toi qui sais régler tes passions !

CLERMONT.

Oh ! ma colère est juste, et mes intentions
Sont si pures d'ailleurs. L'histoire de Derville,
A quelque riche, ami, sera peut-être utile,
Dans les bois d'alentour je vais donc m'égarer :
Le site est pittoresque et fait pour inspirer.

SCÈNE IV.

LES PRÉCÉDENS, SOPHIE *sortant de la boutique,*
son porte-feuille de dessin sous le bras.

SOPHIE.

MON frère.

CLERMONT.

Hé bien !

SOPHIE.

Tu pars, songe que l'heure avance,
Qu'il nous faut mille écus.

CLERMONT.

Va, sois en assurance
Robert s'en est chargé.

SOPHIE.

Comment !

CLERMONT.

Oh ! laisse-moi
De grace, avec Robert, ma sœur, arrange-toi,
Je ne puis m'occuper d'argent, je suis en verve,
Et du moment propice il faut que je me serve.

SCÈNE V.
ROBERT, SOPHIE.

SOPHIE.

IL se conduit avec une légéreté,
J'en rougis.

ROBERT

En ami par lui je suis traité.

Voilà ce qui me plaît. J'ai-là dans ma boutique,
Quelque chose à finir. Et puis mon soin unique,
Après est de chercher la somme qu'il vous faut,
Et vous pouvez compter que je l'aurai bientôt.
Et bon Dieu! d'un service où serait le mérite,
S'il ne coûtait un peu ? Je ne me crois pas quitte
Encore envers Clermont. C'est lui qui m'a toujours,
Dans nos classes, aidé de ses faibles secours,
Secours alors pour moi d'une grande importance ;
Beaucoup de gens riraient de ma reconnaissance,
Pour de légers bienfaits qui datent de si loin :
Mais quiconque au collége aurait été témoin
De la grace et sur-tout de la délicatesse
Qu'il mettait à m'offrir sa petite richesse,
Ne serait pas surpris que ce trait d'amitié,
Par moi, dans aucun tems, ne pût être oublié.

SOPHIE.

Cher Robert !

SCÈNE VI.

LES PRÉCÉDENS, Madame ROBERT.

Madame ROBERT.

EH! bon dieu, dites-moi donc, ma chère,
Je viens en revenant de trouver votre frère ;
Il marchait, s'arrêtait, et puis il se parlait.
Il m'a presque fait peur. Est-il fou, s'il vous plaît ?

SOPHIE.

Il est poète, et c'est presque la même chose.

Madame ROBERT.

Bon !

SOPHIE.

Quand il gesticule ainsi, c'est qu'il compose.

Madame ROBERT.

Il compose ?

ROBERT.

Oui, ma mère, et c'est-là son métier.

Madame ROBERT.

Tout de bon ; allons donc . . . . un métier singulier !
Les dévots du pays l'ont pris pour un vicaire,
Répétant le sermon qu'il devait dire en chaire.

SOPHIE.

Nous aurons donc, Robert, ces mille écus ?

ROBERT.

Ce soir,
Et je vous les promets.

SOPHIE.

Allons, je vais m'asseoir
Sur ce banc, et me mettre avec vous à l'ouvrage ;
Je voudrais terminer ce petit paysage.

ROBERT.

Fort bien.
(*Elle s'assied sur le banc qui est contre la boutique, et
dessine.*)

Madame ROBERT, *examinant le dessin de Sophie.*

Vous avez là, ma fille, un beau talent.
Bon dieu ! que je voudrais pouvoir en faire autant.

ROBERT, *appellant sa mère à demi-voix.*

Ma mère.

Madame ROBERT.

Eh ! bien ?

ROBERT.

A qui faut-il que je demande
Ces mille écus ?

Madame ROBERT.

A qui ? que Derville te rende
Ce qu'il te doit.

ROBERT.

Il m'a demandé des délais

Madame ROBERT.

Des délais ! quand il doit dix-huit mois d'intérêts.
Qui croirait que le pauvre est créancier du riche ?
Plafonds, meubles, lambris, sallon boisé, corniche.
Tout est de toi chez lui, tout d'un travail exquis ;
On lui porte un mémoire où tout est à bas prix,
Au lieu de nous payer, je t'en ferai la rente,
Dit-il ; et tu consens ! et puis il te tourmente
Pour qu'en outre chez lui tu places tous les fonds
Qu'avec beaucoup de soin nous économisons,
Et tu consens encor, comme un franc imbécille !
Si tu n'avais prêté cet argent à Derville,
Tu pourrais acheter quelque bien.

ROBERT.

En effet.

Madame ROBERT.

Quelques arpens de terre, et c'était mon projet.

ROBERT.

Mais comment refuser un ancien camarade :
Il eût été fâché.

Madame ROBERT.

Le voilà bien malade.
Il a bien ce matin refusé son ami,
Ce beau monsieur, je crois pourtant que celui-ci
Bien mieux que l'autre encor mérite qu'on l'oblige,
Ainsi donc pour Clermont, n'épargnez rien, vous dis-je,
Puisque monsieur Derville a de l'argent chez lui,
J'entends et je prétends qu'il s'acquitte aujourd'hui.

ROBERT.

Oui, ne vous fâchez pas. Mais c'est qu'il a peut-être
Beaucoup de monde, et moi, je ne veux pas paraître.
Parmi tous ces gens-là.

Madame R O B E R T.

Non ? après son dîner :
Tu sais que tous les jours il va se promener ;
Eh bien, dans ta boutique, achève ton ouvrage,
Et ne le laisse pas échapper au passage.

(*Elle rentre dans la boutique.*)

SCÈNE VII.

R O B E R T, SOPHIE.

R O B E R T, *examinant Sophie qui est très-occupée de son
dessin.*

Non. Comme elle travaille avec attention !
Fort bien, elle a du goût pour l'occupation :
Point très-essentiel dans un ménage. Elle aime
Son frère avec transport, elle aimerait de même
Son mari, ses enfans, j'en suis certain. Ma foi,
C'est ce qu'il me faudrait pour ma femme, je croi.

SCÈNE VIII.

LES PRÉCÉDENS, DERVILLE, *élégamment vêtu.*

D E R V I L L E.

Mon sort avec Clermont sans cesse me tourmente ;
Mais comment réparer ? (*appercevant Sophie.*) La ren-
                              contre charmante !
De beaux yeux, un beau teint, et point d'art, point d'apprêt.
Pour me désennuyer, c'est ce qu'il me faudrait.
Parbleu, si je pouvais en faire ma maîtresse,
Je serais trop heureux.

R O B E R T, *appercevant Derville.*

Un peu de hardiesse,
C'est Derville. Après tout, c'est de l'argent prêté,
Voyons. Bon jour, Derville.

DERVILLE.

Ah ! je suis enchanté
De te voir, sur mon ame. (*Examinant Sophie.*) On n'est pas
plus jolie.

ROBERT.

Chez toi j'allais passer. Il faut que je te prie
De me rendre un service.

DERVILLE.

Un service, Robert.
Tu sais bien que mon cœur te fut toujours ouvert.
(*Examinant Sophie.*)
L'agréable maintien !

ROBERT.

Tu me dois une année.

DERVILLE.

La seconde n'est pas encore terminée :
Et tu m'avais promis d'attendre jusques-là.

ROBERT.

Mais, je me trouve avoir besoin d'argent.

DERVILLE.

Ah ! ah !
Quand ?

ROBERT.

Ce soir.

DERVILLE.

Il fallait me prévenir d'avance :
J'aurais pu m'arranger alors en conséquence.

ROBERT.

C'est un trés-faible à - compte.

DERVILLE.

Oh ! oui, j'entends fort bien.
Pas possible , d'honneur ; car chez moi je n'ai rien.

J'étais si loin, d'après la convention faite,
De m'attendre à ceci. Veux-tu que je m'endette ?
Non, d'autant plus qu'ayant sans doute du crédit,
Tu peux trouver ailleurs.

ROBERT.

            Prends que je n'ai rien dit.
(*A part, tandis que Derville examine Sophie.*)
Je n'ose le presser, cependant l'heure avance :
(*Il tire sa montre.*)
Et Clermont..... Cette montre est de peu d'importanee
Pour moi qui vois si bien l'heure au soleil. Mais quoi ?
J'en aurais six cents francs. J'ai six couverts chez moi ;
J'y tiens : mais quand Derville aura payé sa dette,
J'en aurai d'autres ; oui, prenons-les en cachette
De ma mère sur-tout, car ce serait un train !
             (*Il rentre dans sa boutique.*)

SCÈNE IX.

DERVILLE, SOPHIE toujours dessinant

DERVILLE.

IL est parti. Fort bien. Clermont vient ce matin,
C'est le tour de Robert ce soir. C'est incroyable.
Cette jeune personne est vraiment adorable :
Il faut qu'en ce canton elle soit depuis peu,
Peut-être ne s'est-elle arrêtée en ce lieu
Que pour en dessiner le plan d'après nature.
Quoi qu'il en soit, je veux suivre cette aventure.

SCÈNE X.

LES PRÉCÉDENS, ROBERT, portant ses couverts
dans un mouchoir.

ROBERT.

NE perdons point de tems, ma mère n'a rien vu.

DERVILLE.

C'est encor toi, Robert, pardon, j'aurais voulu

De bien bon cœur t'aider dans ce besoin extrême.

ROBERT.

N'en parlons plus, mon cher, je viens à l'instant même.
De songer à quelqu'un qui ne peut me manquer.

DERVILLE.

Oui-dà, tant mieux.

ROBERT.

J'y cours.

(Il sort.)

SCÈNE XI.

DERVILLE, SOPHIE.

DERVILLE.

ALLONS, il faut risquer
L'entretien. Approchons. (A Sophie.) Adorable personne.

SOPHIE, levant la tête.

Monsieur....

DERVILLE.

Pour m'excuser serez-vous assez bonne;
De vous connaître encor je n'ai pas le bonheur ;
D'un entretien pourtant j'implore la faveur.
Un bien heureux hazard vous présente à ma vue,
Le laisser échapper serait une bévue
De ma part, n'est-ce pas ?

SOPHIE.

Mon cher monsieur, pardon ;
Mais je n'ai pas de tems à perdre.

DERVILLE.

Comment donc ?
Vous ne le perdrez pas avec moi, je vous jure.
Vous avez, je le vois, du goût pour la peinture,

Car vous ne dessinez que pour votre plaisir.

SOPHIE.

A me faire exister, mon art pourra servir;
Je l'espère du moins.

DERVILLE.

Si jeune, si jolie,
Travailler par besoin. Chose indigne, inouie!
Si vous disiez un mot seulement, vous verriez
Bientôt tous les trésors de la terre à vos pieds.

SOPHIE, *à part, se levant.*

Un de ces jeunes fats au ton galant et leste,
Dont Paris est tout plein.

DERVILLE, *à part.*

Elle est toute céleste!
En honneur, et je veux l'avoir absolument.
Ce projet-là n'est pas fort honnête, vraiment.
Mais elle est si jolie! (*Haut.*) Oui, charmante inconnue,
Oui, le cœur le plus froid s'enflamme à votre vue:
La nature a sur vous prodigué ses bienfaits.
Aux talens enchanteurs unir de tels attraits!
Mon discours vous surprend, peut-être vous offense,
De l'amour en tout tems telle fut la puissance,
Pour triompher il n'a besoin que d'un moment.

SCÈNE XII.
LES PRÉCÉDENS, CLERMONT.

CLERMONT.

Ciel! que vois-je? ma sœur et Derville.

DERVILLE.

Comment?

SOPHIE, *à part.*

Derville! Ses propos auraient dû m'en instruire.

DERVILLE, *à part.*

La sœur de mon ami que je voulais seduire!

CLERMONT.

Grace au ciel! et j'en ai fait l'épreuve aujourd'hui,
Tous mes amis n'ont pas le cœur dur comme lui:

Robert est bon, sensible, il n'a pas vos richesses,
Il tiendra mieux que vous nos communes promesses ;
Logé chez lui, par lui je serai secouru.

DERVILLE, *à part.*

Robert l'accueille, et moi, comme je l'ai reçu !

CLERMONT.

Les mille écus dont j'ai besoin, avec quel zéle
Il les cherche par-tout, cet ami si fidèle !

DERVILLE, *à part.*

Moi, je l'ai cet argent, je l'ai si mal offert.
Ciel ! j'outrage Clermont, et sa sœur, et Robert :
Réparons tous mes torts.

CLERMONT.

     Notre ami véritable
Nous attend ; viens, ma sœur.

DERVILLE.

     Clermont, je fus coupable,
Pardonne, et que Robert, pour aider son ami,
Ne cherche nulle part ; (*lui montrant son porte-feuille.*)
     tiens, Clermont, prends ceci,
Prends, dis-je, sans rougir, je ne suis plus le même,
Daigne m'en croire, ami.

CLERMONT, *hésitant.*

     Quel changement extrême !

DERVILLE, *le forçant à prendre.*

Prends, s'il me reste encor quelques droits sur ton cœur.
Clermont, je t'en conjure.

SCÈNE XIII.

LES PRÉCÉDENS, GABRIEL.

GABRIEL, *tirant Derville à part.*

    AH ! vous voilà, monsieur,
Il faut que vous alliez trouver votre notaire
A Paris sur-le-champ.

DERVILLE.

    Comment, pour quelle affaire ?

GABRIEL.

Cet honnête Dorval qui vous faisoit valoir
Le reste de vos fonds.....

DERVILLE.

Eh ! bien.

GABRIEL.

Hier au soir.....

A pris la fuite.

DERVILLE.

O Ciel !

GABRIEL.

Banqueroute totale :
Gervais vient d'apporter la nouvelle fatale.

DERVILLE.

Ah ! grand Dieu ! je n'ai pas à perdre un seul instant :
Pardonne, mon ami, mais un soin important.....
(*à Clermont.*)
Je serais ruiné, ruiné sans ressource. *Il sort précipitamment.*

GABRIEL.

Courez après, il a, dès hier, pris sa course.
Peut-on agir de la sorte ? Ah ! bon Dieu !
Placer tout son argent chez un banquier de jeu !

SCÈNE XIV.

CLERMONT, SOPHIE.

CLERMONT.

QUE veut dire ceci ? ce matin il refuse,
Il me prévient ce soir, il s'attendrit, s'accuse,
Et puis me laisse là ; ma sœur, il te parlait ?

SOPHIE.

De mille complimens, mon frère, il me comblait,

A ma beauté comment ne pas rendre les armes ?

CLERMONT

Eh ! bien, j'avais prévu cet effet de tes charmes ?
Je te l'ai dit tantôt ; c'est sans doute à l'amour,
Ma sœur, que nous devons cet étonnant retour ?

SCÈNE XV.

LES PRÉCÉDENS, ROBERT.

ROBERT, *tout essoufflé.*

JE te l'avais promis, j'ai bien couru, n'importe,
Voilà trois mille francs, mon cher, que je t'apporte.

CLERMONT.

Je n'oublierai jamais ta générosité,
Mais garde ton argent, Derville m'a prêté.

ROBERT.

Derville !

CLERMONT.

     Et je n'ai pu refuser de le prendre :
Car il m'en a pressé d'un air si franc, si tendre.

ROBERT.

Diable ! il est bien changé !

CLERMONT.

     Tu m'en vois tout surpris :
Des attraits de ma sœur, il paraît fort épris,
Et de son changement peut-être est-ce la cause ?

ROBERT.

Fort bien, je suis charmé qu'ainsi tout se dispose,
Il oblige le frère, il adore la sœur,
Ensemble puissiez-vous goûter le vrai bonheur.

SOPHIE.

Ce n'est pas avec lui que je puis être heureuse.

SCÈNE XVI.
LES PRÉCÈDENS, madame ROBERT.

Madame ROBERT.

Eh! bon dieu, mon ami, c'est une perte aff reus

ROBERT.

Quoi ?

Madame ROBERT.
Notre argenterie, où donc est-elle ?

ROBERT.
paix.

Madame ROBERT.
Comment donc, que dis-tu ?

ROBERT.
Chut.

Madame ROBERT.
Est-ce que tu sais,

Par hazard ?

ROBERT.
Oui je sais ce qu'elle est devenue.

CLERMONT.
Je le devine, moi, Robert, tu l'as vendue !
Et voilà le produit.

ROBERT.
Eh ! bien, oui, j'en conviens :
Je vois qu'en la gardant, j'aurais fait aussi bien,
A présent que Derville, enfin plus équitable.

Madame ROBERT.

Comment, tu l'as vendue, à merveille mon fils,
Je vous reconnais là, courage, à vos amis,
Vous sacrifieriez tout, jusqu'à votre mère.

ROBERT.
De ses livres songez qu'il allait se défaire.

Madame ROBERT.

Ne valait-il pas mieux qu'il vendît ses effets,
Que toi, les tiens pour lui.

ROBERT.

          Mais voyons, si j'étais
Dans sa position; mes ressources dernières
Ne seraient-elles pas les outils nécessaires
A mon métier.

Madame ROBERT.

Vraiment, sans eux que feriez-vous?

ROBERT.

Eh bien! ses livres sont pour lui, ce que pour nous
Sont nos outils.

CLERMONT.

          Ce trait est gravé dans mon ame,
Mon cher Robert; et vous, consolez-vous, Madame,
Derville m'a prêté, reprenez cet argent.

Madame ROBERT.

Ah! c'est parler cela, de son dérangement
Vous ne voudriez pas sans doute être la cause;
Mais quel miracle a fait cette métamorphose
En Derville.

ROBERT.

Sa sœur.

Madame ROBERT.

          Bon.

ROBERT.

          D'un amour réel
Son cœur se trouve atteint, amour bien naturel.

Madame ROBERT.

Et vous à qui j'ai cru de la délicatesse,
D'accepter cet argent, vous avez la faiblesse.

ROBERT.

Et par quelle raison, s'il vous plaît, refuser?

Madame ROBERT.

Quand il aime sa sœur?

ROBERT.

Ne peut-il l'épouser?

Madame ROBERT.

L'épouser! qui? Derville? allons, vous voulez rire,
Il est homme à cela. L'épouser? la séduire!

CLERMONT.

Il pourrait méditer une pareille horreur!

ROBERT.

Non, ce coupable espoir n'est pas fait pour son cœur.

Madame ROBERT.

Non, il n'a pas prouvé par plus d'un tour semblable,
Dans le canton déjà, ce dont il est capable.

CLERMONT.

Se pourrait-il, grands Dieux!

Madame ROBERT.

Et d'ailleurs savez-vous
Que d'un riche parti demain il est l'époux:
S'il vous parle d'amour, à coup sûr dans son ame,
C'est qu'il roule sur vous quelque projet infâme.

SOPHIE.

Mon frère, il faut avant d'accepter ses bienfaits.....

CLERMONT.

Oui, je t'entends. Il faut connaître ses projets:
Comment, il te courtise, et demain se marie.
Qu'il s'explique à l'instant, ou bien sa perfidie
N'est que trop claire.....

ROBERT.

Ainsi ton esprit emporté
Voit toujours bien plus loin que la réalité.

CLERMONT.

Je veux qu'il parle au moins.

SOPHIE.

Quel qu'il soit, à cet homme
Il ne faut rien devoir.

CLERMONT.

Non, rien ; voici la somme
Qu'il vient de me prêter. Sans plus tarder, je vais
Me dégager, Robert, du poids de ses bienfaits,
Et de son procédé lui reprocher la honte.

(*Il s'approche de la grille, et sonne avec vivacité.*)

ROBERT.

Mais tu n'as encor rien de certain sur son compte.

CLERMONT, *sonnant encore.*

Il n'importe, mon cher.

ROBERT.

Soit, rends-lui son argent ;
Ne lui reproche rien.

SCENE XVII.

LES PRÉCÉDENS, GABRIEL.

GABRIEL, *traversant le bosquet.*

Un moment, un moment,
Donnez-moi donc le tems; on y va.

CLERMONT.

Votre maître ?

GABRIEL.

Il est sorti, Monsieur.

CLERMONT.

De grace, où peut-il être ?

GABRIEL.

Mais, il est à Paris, chez monsieur Robertin,
Son notaire.

CLERMONT.

Il demeure ?

GABRIEL.

Au faubourg Saint-Germain.

CLERMONT.

J'y cours. En même tems je vais payer ma dette.
Je prends tes mille écus, cessez d'être inquiette;
De Robert aujourd'hui j'accepte les bienfaits,
Je les rendrai demain ; mes livres, mes effets,
Rien ne me coûtera, trop léger sacrifice !
Mais du moins Robert seul m'aura rendu service.

(*Il sort.*)

SCÈNE XVIII.

LES PRÉCÉDENS, hors CLERMONT.

GABRIEL, *à Robert.*

C'EST vous, monsieur Robert, savez-vous un secret ?
Mon maître est ruiné.

ROBERT.

Se peut-il ?

GABRIEL.

Tout-à-fait.
J'y suis, mon cher monsieur, pour deux ans de mes gages.

(*Il rentre dans le pavillon.*)

ROBERT.

Et nous pour notre rente avec les arrérages.
Ciel ! à qui pourra-t-on se fier aujourd'hui ?

Madame ROBERT.

Mon fils avait placé tout son argent chez lui ;
Voyez un peu l'horreur et la friponnerie ;
Travaillez, vivez donc avec économie,
Pour prêter tous vos fonds à quelqu'ingrat ami,
Qui vous ramène au point d'où vous êtes sorti.

ROBERT.

Eh ! calmez-vous, la perte est sans doute cruelle,
Ce n'est peut-être là qu'une fausse nouvelle.
Je m'en vais à Paris pour mieux m'en assurer ;
En tout cas c'est un mal qui peut se réparer.
Hélas ! ce n'est pas moi qui suis le plus à plaindre ;
Pour Derville sur-tout, l'infortune est à craindre.
J'y suis accoutumé, mais contre le malheur,
Il n'a pas encore su fortifier son cœur.
Je vole et je reviens au plus tard dans une heure.

SCÈNE XIX.

Madame ROBERT, SOPHIE.

Madame ROBERT.

Quel cœur, quel cœur unique ! En vérité j'en pleure.

SOPHIE.

Rentrons. Votre cher fils mérite d'être heureux.
Il le sera.

Madame ROBERT.

Bon Dieu ! c'est tout ce que je veux.

Fin du deuxième Acte.

ACTE TROISIÈME.

SCÈNE PREMIÈRE.

GABRIEL, *seul.*

Il ne vient pas. Vraiment, il a plus d'une affaire.
Plus que le mien, je crois, son sort me désespère.

SCÈNE II.

GABRIEL, DERVILLE.

GABRIEL.

A voilà Monsieur. Eh bien?

DERVILLE.

Tout est perdu !

GABRIEL.

Ciel !

DERVILLE.

Plus d'espoir, demain tout est saisi, vendu.
Déjà mes créanciers étaient chez mon notaire,
Il m'a fallu souffrir leur mépris, leur colère.
Je succombe en pensant à l'affreux avenir
Qui pour moi se prépare. Ah dieux ! que devenir ?
On court après Dorval, trop frivole espérance !
Le fripon dès hier a su prendre l'avance.
Que faire ! où me cacher !

GABRIEL, *à part.*

Je suis tout attendri ;

(*à Derville.*)
Mon cher Monsieur, pourquoi perdre courage ainsi :

(*à part.*)　　　　　　　　(*haut.*)
Il faut le consoler. Allons, du cœur. Que diable,
Vous n'êtes pas encor tout-à-fait misérable ?
Ne vous reste-t-il pas quelque ressource ?

DERVILLE.

Rien.

GABRIEL.

Rien, c'est peu. Mais enfin, il est plus d'un moyen
Qui peut vous procurer une honnête existence,
A votre père seul vous deviez votre aisance.
Si par vous son commerce était continué ?

DERVILLE.

Eh ! mon père au travail était habitué.
Il avait mérité par son intelligence
De vingt correspondans toute la confiance,
Et ces correspondans ne me connaîtront pas.

GABRIEL.

Je le crains comme vous ; il est d'autres états ;
Il en est que l'on peut entreprendre à tout âge.

DERVILLE.

Eh non ! pour tous il faut un long apprentissage.
Le travail fut toujours si terrible pour moi.

GABRIEL.

Si dans quelque bureau vous cherchiez un emploi ?

DERVILLE.

Je ne suis même pas bon pour être copiste.

GABRIEL.

Dame ! ne rien savoir, quand on n'a rien, c'est triste.

DERVILLE.

Je ne le sens que trop. Pour unique talent,
Je possède, mon cher, quelques arts d'agrémens.
Encor les sais-je assez, pour en faire ressource ?
De mes biens rien ne peut jamais tarir la source ,

Disais-je, et mes plaisirs seulement m'occupaient,
Et dans l'oisiveté mes dépenses doublaient.
J'ai voulu par le jeu retrouver ma richesse,
Le traître de Dorval vient combler ma détresse,
Et je me trouve en proie aux horreurs du besoin.

GABRIEL.

Que vous dirai-je, hélas ! ce matin j'étais loin,
De prévoir ce retour. Je vois, monsieur Derville,
Que je ne puis long tems encor vous être utile,
Mais je veux vous servir au moins jusqu'à la fin ;
Tous vos créanciers sont chez monsieur Robertin,
Eh bien ! chez lui je cours et j'apprendrai peut-être,
Quelque chose d'heureux pour vous, mon pauvre maître.
On court, m'avez vous dit, après votre fripon,
Peut-être aura-t-on pu l'atteindre ; que sait-on ?
Je reviens vous tirer de votre incertitude.

(*à part.*)

Le service chez lui sans doute était bien rude ;
Mais pour les malheureux on se prend d'amitié,
Et le pauvre garçon vraiment me fait pitié.

(*Il sort.*)

SCÈNE III.

DERVILLE, *seul.*

Sans état, sans argent, que résoudre ? que faire ?
Des amis ! eh ! sans doute il en est sur la terre ;
Mais moi, ne suis-je pas indigne d'en trouver ?
N'ai-je pas trop bien su moi-même m'en priver ?
Clermont m'implore en vain dans son besoin extrême,
Et j'oserais ce soir l'implorer pour moi-même.
Envers Robert et lui, je sentais tous mes torts,
Mais combien le malheur ajoute à mes remords.
Les aborder après ma coupable conduite !
Que diront-ils ? je n'ai que ce que je mérite.
Riche, tous mes amis ont été mal reçus,
Pauvre, hélas ! mes amis ne me connaîtront plus.

Me faudra-t-il, ô ciel ! en perdant ma richesse ,
De mes plus chers amis perdre encor la tendresse.

SCÈNE IV.

LES PRÉCÉDENS, CLERMONT.

CLERMONT.

Ah ! vous voilà, Monsieur, dans Paris vainement
Je viens de vous chercher ; reprenez votre argent ,
Je n'en veux pas.

DERVILLE.

Pourquoi ?

CLERMONT.

   Je sais qu'au fond de l'ame ,
Vous brûlez pour ma sœur d'une coupable flamme ;
Gardez votre or , jamais vos projets odieux ,
Pour ma sœur, ni pour moi , ne seront dangereux.

DERVILLE.

Mon ami.

CLERMONT.

   Votre ami ! Clermont l'ami d'un traître !
Non, je ne le suis pas, non, je ne veux pas l'être ;
Rentrez dans votre cœur : le devoir d'un ami
Par vous à mon égard, a-t-il été rempli ?

SCÈNE V.

LES PRÉCÉDENS, SOPHIE.

SOPHIE.

Te voilà. De Robert la respectable mère
Se désole, vient donc la consoler, mon frère.
C'est Derville, je suis bien aise de le voir ,
De recouvrer ses biens , reste-t-il quelqu'espoir ?

DERVILLE.

Aucun.

CLERMONT.

Comment.... ma sœur, explique-toi de grace.

DERVILLE.

Hélas ! ignores-tu, Clermont, ce qui se passe ;
On me fait banqueroute, et je suis ruiné,

CLERMONT.

Ruiné ! mon ami, tu m'en vois consterné,
Me pardonneras-tu mes reproches barbares ?

DERVILLE.

Oublieras-tu mes torts ?

CLERMONT.

       Tes torts, tu les répares,
En les reconnaissant. Parlons de ton malheur.

DERVILLE.

Ton procédé déchire et soulage mon cœur.

CLERMONT.

Tu n'eus jamais dessein de me faire une offense,
Et c'est moi bien plutôt qui plein d'inconséquence.....

SCÈNE VI.

LES PRÉCÉDENS, Madame ROBERT.

Madame ROBERT.

AH ! c'est donc vous, monsieur Derville, est-il permis
D'en agir de la sorte avec de vrais amis ?

CLERMONT.

Il est dans le malheur, oubliez sa conduite.

Madame ROBERT.

Son malheur ? justement ; voilà ce qui m'irrite,

Tout l'argent de mon fils qui part avec le sien.

CLERMONT.

Robert ! son créancier ? Mais vous ne perdrez rien,
N'a-t-il pas sa maison ?

DERVILLE.

Demain , elle est en vente,
Et Robert , n'ayant pas de titres pour sa rente......
Ah ! combien vous devez m'en vouloir , mes amis !
En un jour, envers vous, que de torts j'ai commis.
Cher Clermont, vous madame, et vous mademoiselle,
Vous, sœur de mon ami, jeune innocente , belle.
Me pardonnez-vous le frivole entretien ?

SOPHIE.

Je ne vois que l'ami de mon frère et le mien.

Madame ROBERT.

A merveille. De vous l'infortune va faire
Un parfait honnête homme, et la sœur et le frère
Vont oublier vos torts envers eux : c'est charmant.
Je voudrais de bon cœur pouvoir en faire autant :
Mais c'est qu'on ne perd pas avec indifférence
Le fruit d'un long travail. Si j'avais l'espérance
De retrouver au moins quelque chose. Mon fils
Pour cela justement est parti pour Paris ;
Mais il ne revient pas.

SOPHIE.

Allons, prenez courage,
Quelque débris peut-être est sauvé du naufrage.

CLERMONT.

Le voilà qui revient.

Madame ROBERT.

Je tremble.

SCÈNE VII.

LES PRÉCÉDENS, ROBERT.

Madame ROBERT.

Eh bien ! Robert ?

ROBERT.

Eh bien ! les créanciers soi-disant de concert,
Chez monsieur Robertin, disputent, s'injurient,
Chacun produit son titre, et tous s'emportent, crient :
C'est à qui le premier aura part dans ton bien.
Ce que j'y vois de clair, c'est que je n'aurai rien.

DERVILLE.

Et voilà ce qui fait mon plus affreux supplice,
Sans peine, de mes biens je fais le sacrifice ;
Mais, Robert, dans ma perte avec moi t'entraîner !
Je te connais, ami, tu vas me pardonner ;
Mais pourrai-je jamais me pardonner moi-même ?

ROBERT.

Ce n'est pourtant pas là, mon cher, un mal extrême,
Et tu m'en vois déjà presque tout consolé.
Je ne suis après tout qu'un peu plus reculé.
Et des richesses, moi, si peu je me soucie,
En tout tems, en tous lieux, je puis gagner ma vie,
Et fort honnêtement. N'ai-je pas mon métier ?

CLERMONT.

Mais, lui, que fera-t-il ?

DERVILLE.

Irai-je mendier,
Près d'un riche, en usant de basse flatterie ?
Choisirai-je pour vivre une infâme industrie ?
D'un riche dépouillé tel est pourtant le sort :
Etre vil ou fripon. Plutôt cent fois la mort.

ROBERT.

Bien. Dans ta bouche, ami, j'aime un pareil langage ?
Réponds-moi maintenant. Te sens-tu du courage ?

DERVILLE.

Oui, j'en ai, je le sens. Mes maux sont mérités,
Par moi, sans m'avilir, ils seront supportés.

ROBERT.

Et ces maux finiront bientôt. Le Ciel est juste,
Il entend tes remords. Jeune, dispos, robuste,
On peut encor de toi faire un bon ouvrier.
Prends ce rabot. Je veux t'apprendre mon métier.
Mon père était un simple artisan de village,
Il m'a laissé pourtant un plus bel héritage
Que le tien, tu le vois. Dans notre adversité
Tes biens ont disparu. Mon trésor m'est resté.
Ce trésor, c'est mon bras. Mon bras peut me suffire,
Et sans avoir besoin de personne, sans nuire
A personne, avec lui, contre les coups du sort,
Et contre les fripons, je serai toujours fort ;
Qu'on me tourmente ici, j'emporte mon bagage,
Et m'établis ailleurs. Cher Derville, partage
Avec moi ce trésor. Compagnon, mets-toi là.
Travaille, ton métier bientôt te nourrira,
Et tu ne dépendras des hommes ni des choses.

DERVILLE.

J'accepte, cher Robert, ce que tu me proposes.

CLERMONT.

Vous m'enflammez tous deux. La proposition
De Robert lui valait mon admiration.
Derville, en l'acceptant, en est encor plus digne.
Avec sa fermeté, quiconque se résigne
A travailler, après avoir tant végété
Au sein de la mollesse et de l'oisiveté,
Dans son cœur, à coup sûr, porte un grand caractère ;
D'avoir de tels amis, mon ame est presque fière.

SOPHIE.

J'admire avec Clermont ce courageux parti.
Tous les honnêtes gens en penseront ainsi.

Madame ROBERT.

Eh bien ! il aidera mon fils dans ses ouvrages,
Et pourra nous payer ainsi nos arrérages.

SCÈNE VIII.

LES PRÉCÉDENS, BONARD.

BONARD.

Savez-vous, mes enfans, que cela n'est pas bien ;
Vous êtes dans la peine, et ne m'en dites rien.
Si madame Robert à ma bonne Denise
N'avait pas révélé qu'il vous faut sans remise
Trois mille francs, Clermont, je ne le saurais pas ;
Pour vous gronder, exprès je porte ici mes pas.
M'avez-vous cru pour vous une ame indifférente ?
Je n'ai pour subsister qu'une petite rente,
Il est vrai, mais encore, autant que je le puis,
Mes petits revenus sont-ils à mes amis ?
Je ne possède pas la somme toute entière.
Voilà deux mille francs. C'est ce que je puis faire
Pour le moment. Daignez, mon cher, les accepter,
Et le reste aisément pourra se completter.

CLERMONT.

Je reconnais votre ame et bienfaisante et belle,
Mon cher maître. Voici bien une autre nouvelle ;
Derville est ruiné.

BONARD.

     Se pourrait-il ?... vraiment,
Vous nous dites cela, cher Clermont, bien gaîment.

CLERMONT.

C'est qu'il voit ses malheurs d'une ame peu commune,
C'est qu'il va tout devoir peut-être à l'infortune.

BONARD.

Eh oui, j'entends fort bien. Plutarque , Cicéron
Et mille autres auteurs ont dit avec raison ,
Que le sage doit voir ses revers d'un œil ferme,
De ces principes là j'ai mis en vous le germe,
Mais au malheur si bien que l'on soit préparé ,
Toujours du premier coup le cœur est-il navré ?
Cher Derville , entre nous , je vous vois fort à plaindre.

DERVILLE.

Non, ne me plaignez pas. Expliquez-vous sans feindre ;
N'av is-je pas besoin d'une forte leçon ,
Félicitez-moi donc tous sur ma guérison.
Le malheur la commence , et l'amitié l'achève ;
De Robert à présent voyez en moi l'élève.
Ce bon ami veut bien m'apprendre son métier,
D'un riche fainéant faire un bon ouvrier.
Grace à mon infortune, au prix de quelques sommes,
Je vais reprendre enfin mon rang parmi les hommes ,
N'est-ce pas s'enrichir qu'être ainsi ruiné ?

BONARD.

Vous me voyez joyeux presqu'autant qu'étonné.

SCENE IX et dernière.

LES PRÉCÉDENS, GABRIEL.

GABRIEL.

Monsieur, monsieur.

DERVILLE.

Eh bien ?

GABRIEL.

Le plaisir me suffoque ,
Et la joie entre nous doit être réciproque,
Avec tout votre argent Dorval est arrêté,
Par un exprès le fait vient de m'être attesté.

DERVILLE.

Se peut-il ?

CLERMONT.

Quel bonheur !

Madame ROBERT.

La nouvelle excellente !
Ainsi nous serons donc payés de notre rente.

GABRIEL.

Vous allez recouvrer vos biens, votre trésor.

DERVILLE.

Est-ce un bonheur pour moi ? si j'allais être encor
Dur, égoïste, ingrat.

BONARD.

Doucement, je vous prie,
Il faut mettre une borne à la philosophie.
Vous la poussez trop loin. Ce qui vous a gâté,
Ce n'est pas votre bien, c'est votre oisiveté ;
Pour la fortune, en elle, il n'est rien de blâmable,
On peut être à-la-fois riche et fort estimable.
Votre père était riche et plein de probité,
Il a payé sa dette à la société,
Eh bien ! à votre tour il faut payer la vôtre.
Riche, il vous a laissé plus obligé qu'un autre.
Le commerce, mon fils, les arts, les ateliers
Reclament tous vos fonds. Les honnêtes rentiers
Sont ceux qui, comme moi, sur la fin de leur vie,
De leurs travaux passés trouvent l'économie.
Pour les autres, je crois que Jean-Jacque a raison :
Riche ou pauvre, tout homme oisif est un fripon.
Le mot est un peu dur ; mais en bonne justice,
Chacun doit à l'état son tems et son service.

DERVILLE.

Oui, mon cher professeur, oui, vous avez raison,
Formons donc entre nous une réunion
D'amis, d'honnêtes gens, sur-tout d'hommes utiles.

BONARD.

Bien, voilà des projets et sages et faciles.

E

Oui, mettons en commun vos biens, ma pension.

SOPHIE.

Et choisissons chacun notre occupation.

CLERMONT.

Moi, je composerai des pièces bien morales.

BONARD.

Moi, j'herboriserai. Je veux par intervalles
Aussi vous conseiller.

ROBERT.

            Quant à moi, mon métier,
Vous le savez, amis, m'occupe tout entier.

DERVILLE.

Tous mes fonds sont à toi. Nous chercherons ensemble
Les pauvres ouvriers que ce canton rassemble :
Et de mes revenus nous les soulagerons ;
Mais sur-tout, cher Robert, nous les occuperons.

Madame ROBERT.

Pour moi, mes chers enfans, j'aurai soin du ménage.

SOPHIE.

Et je vous aiderai. Je peins le paysage,
Je veux porter mon art à la perfection,
Et dès l'été prochain, exposer au sallon.

GABRIEL.

Dans la société, puis-je trouver ma place ?
Je m'offre à vous servir, messieurs, de bonne grace.

DERVILLE.

L'on t'accepte, mon cher. C'est un fort bon garçon.

GABRIEL.

J'irai, si vous voulez, à la provision.
J'aurai soin du jardin; puis, de vos comédies,
Au moment de loisir, je ferai des copies.

CLERMONT.

Fort bien. Derville et moi, chacun de son côté,
Nous chercherons d'ailleurs quelque jeune beauté,
Qui daigne à notre sort associer sa vie.
Pour être heureux vraiment, il faut qu'on se marie.
Robert! il a son fait, je crois ; pas vrai, ma sœur ?

(*Robert sourit, Sophie baisse les yeux.*)

Ainsi nous n'aurons tous qu'un esprit et qu'un cœur.

BONARD.

Comme l'a fort bien dit, à la fin d'une strophe,
Un grand homme à-la-fois poète et philosophe :
Grace au travail, amis, nous renverrons bien loin,
Trois maux affreux : l'ennui, le vice et le besoin.

FIN.

De l'Imprimerie de BALLARD, rue J.-J. Rousseau, n°. 14.

9 782014 063691